Boni y su fiesta de cumpleaños

Mark Birchall

para Daisy y Flora

DIRECCIÓN EDITORIAL: Antonio Moreno Paniagua
GERENCIA EDITORIAL: Wilebaldo Nava Reyes
COORDINACIÓN DE LA COLECCIÓN: Karen Coeman
DISEÑO DE LA COLECCIÓN: La Máquina del Tiempo
TRADUCCIÓN: Ernestina Loyo

Boni y su fiesta de cumpleaños

Título original en inglés: *Rabbit's Party Surprise*

D.R. © Texto e ilustraciones, 2002, Mark Birchall

Editado por acuerdo con Andersen Press Ltd.,
Londres SW1V 2SA, Inglaterra.

PRIMERA EDICIÓN EN ESPAÑOL: junio de 2006
D.R. © 2006, Ediciones Castillo, S.A. de C.V.
Av. Morelos 64, Col. Juárez, C.P. 06600
México, D.F.
Tel.: (52 55) 5128-1350
Fax: (52 55) 5535-0656
Lada sin costo: 01 800 536-1777

info@edicionescastillo.com
www.edicionescastillo.com

Ediciones Castillo forma parte del Grupo Editorial Macmillan

Miembro de la Cámara Nacional de la Industria Editorial Mexicana.
Registro núm. 3304

ISBN: 970-20-0848-4

Impreso en Tailandia / *Printed in Thailand*

Impreso por
Thai Watana Panich Press Co., Ltd.
Wave Place Building, 9th Floor
55 Wireless Road, Lumpini, Pathumwan
Bangkok 10330, Tailandia
Julio de 2006

Boni y su fiesta de cumpleaños

Mark Birchall

Castillo de la lectura

Boni le platicaba al señor Mimos sobre su fiesta
de cumpleaños.

—Habrá gelatina con helado y juegos con premios
—le dijo—. Espero que vengas.

El señor Mimos no dijo ni una palabra, pero Boni
sabía que él estaría ahí.

—Vamos, es hora de ir de compras —dijo mamá—.
Hay muchas cosas que traer y necesito que me ayudes.
Y se fueron las dos.

Compraron globos y gorros de papel, frituras
y refrescos, un pegajoso pastel de zanahoria y mucho,
mucho más.

—Esto debe ser todo —dijo Boni contenta.
—No, no es todo —respondió mamá—. Todavía
nos falta ir a otro lugar.

Y fueron a contratar
al Asombroso Coco Drilo.
—¡Guauuu!, me encanta
la magia —exclamó Boni—.
Me muero por verlo.

El Asombroso Coco Drilo
le regaló un cartel suyo
donde se veía de lo más
impresionante.

Boni lo llevó a casa. Se sentía muy orgullosa.

Ayudó a mamá con los preparativos.
Al final, todo estaba listo.

Sonó el timbre.

—Tus amigos ya llegaron —dijo mamá—. Ahora
la fiesta puede comenzar.

—Pero no encuentro al señor
Mimos —gimió Boni.

—¿Dónde fue la última vez
que lo viste? —preguntó mamá.

—No me acuerdo.

—Bueno, dónde has buscado.

—¡En todos lados!

—No importa —dijo mamá—.
No hay tiempo para buscarlo
ahora. Estoy segura de que
lo encontraremos más tarde.

Pero Boni no quería festejar
su cumpleaños sin el señor Mimos

No quería jugar al teléfono descompuesto
ni a las escondidas.

Pero no pudo evitar ver, de reojo, al Asombroso
Coco Drilo, que se lució con sus trucos de cartas.

O cómo hizo desaparecer a la señorita
Flamingo…

...y luego la reapareció
en un lugar diferente.
   Los amigos de Boni
aplaudieron muy animados.

   El Asombroso Coco Drilo
dio las gracias con una
reverencia, luego dio un toque
a su sombrero y, de repente...

—¡Señor Mimos! —Boni se quedó sin aliento—.
¡Sabía que no podías faltar a mi fiesta!

Todo el mundo aplaudió de nuevo, pero esta vez
Boni aplaudió más fuerte que los demás…

...a la bio, a la bau, a la bim, bom, ba,
Señor Drilo, Señor Drilo, ra, ra, ra.

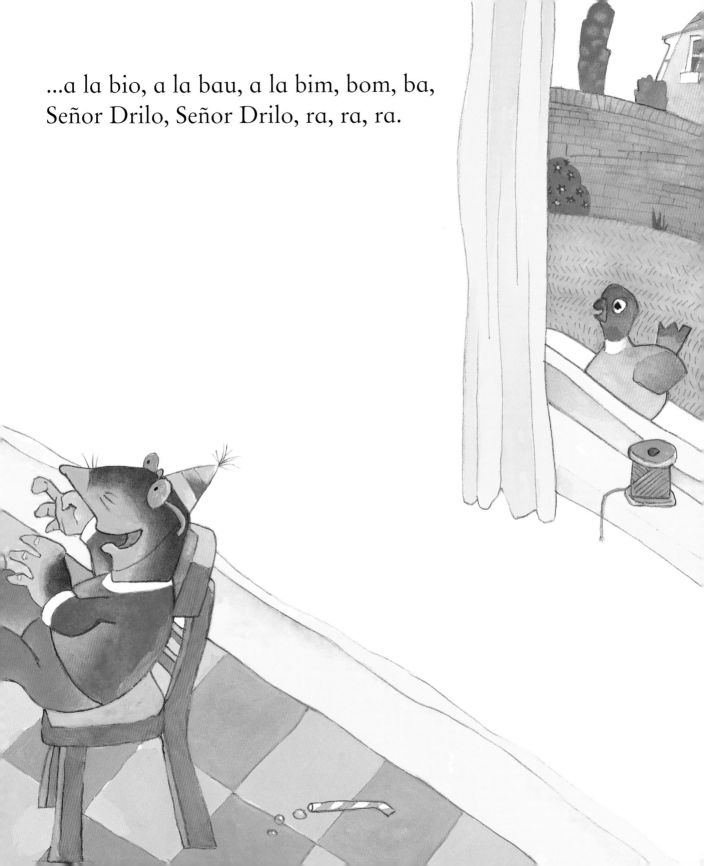

¡Más álbumes de Ediciones Castillo!

LEÓN Y BETO
Simon James

YO, CLAUDIA
Triunfo Arciniegas y Margarita Sada

MI AMIGO CONEJO
Eric Rohmann

BENITO Y EL CHUPÓN
Barbro Lindgren y Olof Landström